句集　赫赫

小熊座叢書一一一番

赫赫　目次

装幀　長尾敦子
書　下野美紀

潟波

春暁のますほの小貝賜りぬ

雪解川人馬通さぬためにあり

老舗から猫の声する春彼岸

川舟は海図を知らず春の風

潟波の春や遠い汽笛を口真似す

父郷には支流ばかりやつくづくし

母を失う

影もなく母を連れ去る桜かな

濁流のために立ちたる山桜

人はみな屈背《くぐせ》となりぬ春渚

また一人風に解ける春の辻

被曝せり春に少しの尿意あり

春の限り炉心の底の潦

津波来し浜近くして犬交る

わが息は飽きずに続き春の宵

岩奔る水には遅き恋の猫

戦争をくぐりて目玉夏に入る

いつからか人の匂いの夏日かな

追いやるも廊下の闇の蟾蜍

青鷺の影纏うかに観世音

沖縄忌鍋の牛乳吹きこぼれ

床下に滝の音する夕餉かな

ほととぎす人の死ぬとき水こだま

地にふれぬための蹴爪や夏の風

海鳥墜つ炎天にこそ生きるべし

宿縁をたどれば夜の蟬の穴

生き急ぐ鬼虫一匹吐き出るか

西隅の澱みとなりぬ蚊の姥は

薫風や暗渠の上にバスを待つ

いつの世も禁書は読まれ雲の峰

子規よりも虚子はやっかい心太

卓袱台をゆっくりたたむ桜桃忌

信州　二句

姥捨山《うばすて》を後ろに照らす蛍かな

夏の夕肋のごとき棚田なり

近江より便りの絶えて緑の夜

下北晩夏わが少年の声しきり

中国産鰻の胆や杏として

薔薇いつも一つの距離でありにけり

日高見国《ひだかみ》の白蛾を追えば森開く

八月十五日空に白脛見えるなり

帰らざるものばかり見え夏の雨

被爆から被曝の国の涼しさは

八月の燃料棒を秘匿せよ

生きている他は死者なり秋の雲

このくにもわが身も粗雑薯蕷汁

秋興や無頼の影をふくらませ

二番線ホームあの日の秋を見ておりぬ

磐座の高みにつるむ蜻蛉かな

カメムシの湧く生まれ出づる悩み

まっさきにわが眼窩へと秋の風

月天心舳先を首都へ廻しけり

雁の声『続日本紀』を開くたび

晩節の影に寄り来る断腸花

骨格は痒さを知らず猫じゃらし

入口と出口が同じ村芝居

伯父の死は丸き石ころ蓼の雨

戦前の前も戦後や秋扇

不易とは地祇が坐すこと葛の花

冬山の影のひとつに暮れ行きぬ
漂泊を終えるは田鶴を見たゆえに
詩ならずして闇に狼呼び寄せる

枯れるもの枯れを尽くして命継ぐ

開戦日人よりはやく銭湯へ

はからずも伊勢におもむく小春かな

大路から小路へ消える鉢叩

糸屋から雨音聞こえ一葉忌

外ケ浜立つには父のコート着て

東京に降りて小さな落葉踏む

消えるなら枯野の沖へ風となり

ぬばたまの闇包まんと熊の皮

凍鶴は光を傷に受けほてる

皺々の生きものばかり小六月

長江は今なお知らず冬落暉

天山も富士も土くれ一茶の忌

瓦礫失せ一痕として冬の星

堤塘の崩れし後の淑気なり

角筆

子雀の一羽加わる濁世かな

三月の星を引きよすわが眉間

血縁は荒縄のごと梅の花

蛇穴を出る母の墓標の近くより

大川の魚眼へ花片貼りつくは

蜆から吐息のもれて眠れぬ日

朧の夜ひとり出て行くふくらはぎ

三月の海が薄目を開けるとき

被曝山空無の際に花咲かす

大河原

一目千本千の暗さの桜かな

渡り川とは三途の川のこと

春鮒や渡り川では力抜く

父母を遊ばせておく春渚

国よりも先に生まれし田螺かな

命など見えては困る万愚節

一芸も一能もなし花は葉に

ミサイルの空は窮屈梅筵

愛しらず亀の鳴くまでまぐわいぬ

妹の鼻が低くて金魚玉

陰口を言えば寄りくる蜥蜴かな

打水やうしろの影を濡らしては

華やかに時に尿する老蛍

古池は水の重さの梅雨入かな

飛べぬゆえ色を変えたる額の花

韃靼の夢もろともに毛虫焼く

海峡の灯火を散らし大蛾来る

陰陽の石を苛む山背風

咲き終えて雑巾のごと月見草

戦争と鉄の臭いの夜の蝦蟇

憂国の青筋である大夕立

泪より生まれしものになめくじり

みちのくの百を語れば蚯蚓鳴く

人間に変わるとすれば羽抜鶏

だれもみな舌をもちたるトマトかな

一滴の血もこぼさずに竹を伐る

未来より今が不確か零余子飯

億千の声を殺して夜葛這う

風を呼ぶ骨盤のなき芒なり

産道に道ははじまり露の音

深秋や最中もわれも薄き皮

無人駅にひとり青鹿の匂いして

墓守の夢に入り来る鉦叩

永遠に生きる途中の鉦叩

秋の蝶命に隙間あるごとし

けむりより煙突古し秋夕日

銀漢のあられもないところ奈辺

心臓を欲しがる夜の菊人形

石切場秋の空気に震えあり

骸から影なく生まる秋の風

ずっしりと熊の胆から息を抜く

枯野から父の影だけ取り出しぬ

父なくも母亡くしてもふぐと汁

淋しさは一月に浮く鉄の船

背に筋のあり外套を脱ぐために

狐火もて見るやメルトダウンの闇

原子炉を遮るたとえば白障子

ふくしまを永遠として大根干す

兜太肥え鬼房は瘠せ冬青空

反骨に音があるなら冬木にも

たましいは肉質にして黒海鼠

針穴は閉じることなし冬の月

鉄路より冷たきものを知らざりき

北岸の婆は笑えり夕焚火

背骨また地軸の一つ冬の雨

宣戦は紙の薄さにはじまりぬ

十二月八日女医に目玉をのぞかれて

戦跡を蔵しきれない冬の土

みちのくのわれもサル目《もく》着ぶくれる

太古から闇は狭まり冬の虫

冬薔薇聖書にはなき誤植

水鳥は姉のようなり被曝の地

日向ぼこ空腹にして満腹

地に還るものばかり生く冬の靄

白鳥の声のしずもる一揆村

底冷や川の匂いの文学部

瞳孔の拡がり見える冬の湖

権禰宜の沓抹香鯨のごとし

コピー機の光馴染めぬ漱石忌

雨女䰠の闇の隙間から

ひだる神憑くは寒暮の外神田

八戸　安藤昌益

北奥に耿然とあり大冬木

奥州黒石寺　三句

黒石寺結界に生る瑠璃蜥蜴

六月の水を入れたる兒啼池《こなきいけ》

蘇民《そみん》祭百の裸身が降ってくる

胆沢城址　三句

空焼けて胆沢城址の鏃音

阿弖流為は剛毛にして万緑

金蠅来俘囚の裔の爪が割れ

奥州市水沢　四句

長英の細き角筆驟雨来る

薄運や空に死すともみずすまし

刎頸の盟《ちぎり》はむかし今年竹

光年を想うことなし糸とんぼ

下北　曇月

潮びたるごとき葬列秋黴雨

大槌町

三陸の被災の泥土霜の花

塩竈の湾をすぼめる初音かな

雑煮椀父の仕方で手を添えて

幾万の末梢神経淑気満つ

百態

顱頂より高きものなし春の丘

眼力の一つに春の飛蚊症

なま玉子ごはんの淡し三鬼の忌

春の泥何も知らずに子が産まれ

昨日より今日の力の雪解川

薄氷は舌引くように消えにけり

自転車に贅肉はなし鳥曇

地球から生まれて無垢や犬ふぐり

隠沼に魂映すなら花のころ

浮島を少しはなれて地虫出る

西行は太き足首花月夜

天地あるところかならず鼓草

心臓に貼りつくことも飛花落花

誰もみな身一つだに彼岸なり

永き日や巨船静かに沈むごと

散り終えて桜の幹の襞の緩

放射性物質の半減期で長いものでは十万年という

亀鳴くや十万年後の呱々の声

炎より熱き鼓動の毛虫なり

ゆるゆると眠りに落ちる水中花

打水や母亡き家の古柄杓

なめくじり歩みに刻を引きずりぬ

蛇の衣風吹く前の暗澹は

残照の翳りを愛す大向日葵

脱ぎ捨てし水着のごとく帰宅せり

轟沈を知っているなら水水母

はっきりと見えぬものへと捕虫網

島の子の背中に残る暑さかな

恋人と纏い死ぬなら夜光虫

梅雨じめり鶏臭き指の先

一世一期大滝の落ちること

万緑や姉の呑み込む黄身二つ

一枚は地祇のためなり蛇の衣

背泳の果て青空になりたくも

草木に手足がなくてただ暑し

我が孤影見えてくるまで水を打つ

魂を隠しきれない水着かな

創生の一声としてほととぎす

夢の世や柱にかかる蝿叩

誘蛾灯開封されぬ袋綴

マンホールの蓋の片錆夏落葉

かなぶんに当たれば固き空気かな

かの昔首細くして枕蚊帳

卒塔婆は噴水でよし青き空

原子炉の息の根もまた梅雨に入る

炉心など見えぬが先へ草矢射る

吾いつか蟻に曳かれる夕山河

きな臭き猛暑列島兜太亡し

散華から里芋までが近すぎて

戦など知らないふりの蜻蛉かな

軍装を今だに解かぬいぼむしり

唇に微かな痒み秋の風

鬼房の残党として木賊刈る

坂道もやがて平らたく昼の月

寒風沢島　三句

水平線見ることはなき秋の蝶

初雁やしばり地蔵が目を開く

島猫の頭上に熟れる通草かな

稲妻一閃われ子を孕むはずもなく

北行きの蹄が欲しや秋夕焼

みちのくのどれも舌なき菊人形

秋風や時に耳立つ御霊塚

両の手に何も持たずに翁の忌

いわき　九句

断崖《きりぎし》や海桐の花の濡れ屏風

炎天の風を巻きたる塩屋埼

草野家の天井高き夏炉かな

百年の鴨居を揺らす昼の蜘蛛

心平の細目は二つ行々子

鵺啼くや櫛田民蔵のインク壜

じゃんがらの手足からまる夏柳

怨怨と勿来関《なこそのせき》の地虫鳴く

ここからは服わぬと鳴け草雲雀

会津若松　二句

少年を殺してならぬ名草の芽

栄螺堂闇ごと捩る余寒かな

木にのぼる猫のしっぽの小春かな

東京は永久なる女陰冬青空

カツ重は断層の崖冬の月

葉牡丹の渦緩くして誕生日

凍滝は全重量でありにけり

心棒を蔵して冬の一木なり

ごつごつと骨の音する鬼房忌

静止衛星直下熊の子眠るなり

臍の緒をほろとつまむや冬の靄

倒木の声を聞くなら霜日和

しずしずと姉歯の松の旅はじめ

生きものの端にわれら初句会

新年の粘りはじめるわが身かな

読初は禿頭兜太『東国抄』

それらしく目覚める朝の猪日なり

仙台雑煮口を開けば母の尻

妹を少し待たせて初手水

見上げれば金精さまの淑気かな

信管は誤作動せぬか三が日

コンビニの灯へと確かな恵方道

潔白

神の手のあとが残りし海鼠かな

魚の目の老いがはじまる冬の雨

骨肉を離れて静か熊の皮

白河以北身の潔白の牡蠣の殻

鯛焼のどこかに熱き心の臓

恋人の襟巻仙台アエル三十八階より長し

海よりも人しずかなり桃青忌

凍蝶のこつこつとまたこつこつと

着ぶくれて脳みそ小さくなりいたる

足指は遠くにありて一茶の忌

今生の清く正しく大根干す

陽明門煮凝のごと濡れており

瞳孔を閉じてひらいて春を待つ

東日本大震災から7年目

閖上《ゆりあげ》浜の芽吹かぬ木々と芽吹く木と

春の水さびしき水は加わらず

梅東風や手に余りたる水平線

目薬の零れて朝の芽吹山

花冷や胸突坂にたれかいる

飛花落花その一枚は赤き舌

密談はとうに終わりぬ花粉症

大叔母の箪笥は開かず春の蟬

塩竈の風に目覚めし小灰蝶

鬼房の影が寄り来る初桜

桜より淋しき息が出てしまう

花満ちて梯子をかけるところなし

倒木の重さに春の匂いせり

人形は歯刷子しらず春の雲

春の地震さざめくように生きるべし

地図いつもたちまち古び春の雨

渋谷スクランブル交差点亀鳴く話ふんと聞く

水着へと風の貼りつく佐渡ヶ島

窓越しに声掛けられる祭髪

耳穴はいつも開かれ夏つばめ

魂を隠しきれない水着かな

高山稲荷社見覚えのなき蝸牛

金魚から泡の吹き出て友の逝く

二階から動かしようのなき竹夫人

田水張る含み笑いをせぬように

かわたれの星にならんとなめくじり

鮎宿の湯舟に浮かぶ人の塵

昂然と白蛾のへばる釘隠し

絶命はかくのごとしと鵙高音

秋澄むや見知らぬ鳥が何処より

年表の九月に義歯の抜け落ちて

金柑を握りて友を捕捉せり

土砂降りの淫らと違う月夜茸

もどるもの静かに戻る夜の秋

大寺の広間に疲れ夕かなかな

隠岐島から旅信秋の薄闇か
月の出や疼くは二心房二心室
秋風に乗ってくるのは戦事《いくさごと》

嘘のような影をひきずる秋の蝶

振りだしに話が戻る蘆の花

朝霧の深きに滲む人の妻

母系より父系の胃弱草紅葉

硝子切り包んで帰る秋の暮

鳥渡る戸口の開かぬ総菜屋

秋日とは濡れた陽のこと兄嫁も

金泥の剝げて秋気の戻りくる

秋深む人の知らざることを言う

宦官の消えるがごとく木の実降る

河口から声の洩れくる花薄

真葛原姉の壊れた土人形

木橋から姉はいつもの鳩吹いて

秋すでに終りや中間貯蔵の地

血族は被曝のなかに放尿す

津軽　三句

南部から津軽へ滑る赤とんぼ

秋蝶の空気がすでにばらばらで

晩秋の十三の砂山猫といる

竹林に猥書ちらばる秋気かな

板碑病む秋の故郷に帰るべし

猫よりも眠たい朝の落葉かな

平泉

青邨碑道のはじめの苔の花

白河　二句

厠から古関のみえて冬紅葉

なによりも南湖団子やかいづぶり

黒塚　一句

人の胆重さそれぞれ冬霙

冬の蜘蛛彼の世の糸を伝い来る

赫赫

姉の住むやさしき町のリラの花

仮の世の仮の世らしくミモザ咲く

雛菊や妹の子を眠らせて

被曝後の『病牀六尺』目刺焼く

木の根開く音をきくなら土不踏

身から出た錆は取れずに木の芽風

しゃぼんだま父へともどることはなし

恋重荷靴に入れるは春の風

靴紐のいくどもほどけ春の空

親方は空の高さに剪定す

春濤の風なら束ね胸奥に

物音の一つに鼓動春立ちぬ

落とし角時に麓に突きささり

彼岸から息を吐き合う黒揚羽

ふりかえるそぶりを見せぬ毛虫かな

明日よりも昔へゆだね山椒魚

生きものの数は知らねど夕薄暑

永訣に開くは小窓余花の朝

改元の変わらぬ地べた羽抜鶏

空蟬を放らば牛馬微動せり

月下美人弔いのごと花開く

呼び鈴に応えてくれぬ水中花

赫赫《かっかく》と闇に爪掻く老蛍

雲の峰千の扉が開くとき

俎板をへし折るごとし日雷

七月の町を離れぬ献血車

ねばねばの闇より生まれ蟾蜍

自転車のサドルの低き清和かな

流灯や風のすきまに流しけり

鶏頭はいつはらわたを失いし

夜のため目を瞑りたる真葛なり
糊代を剝せば狭霧柿本多映
人よりも言の葉若し月天心

秋風より白く透きたる津波跡

どぶろくは皐丸前にどかと置く

わが発句口伝とならず枯柏

寒晴や卑猥な一句口に出て

指切りの指は百本小夜時雨

極月の靴を磨いてつつましく

熱燗や鬼房のこと語れよと

冬深し小さな朱肉見つからぬ

身のどこか置き忘れたる蒲団干す

白鳥のもっとも死者の近くいる

持参できるなら白鳥の首一本

国境を見たことはなし牡丹鍋

身をはだけ黒とも違う黒海鼠

大寒のなすすべもなき佐渡ヶ島

上流は下流をしらず冬暖か

遠くから風を見ている翁の忌

明眸や仙台白菜さくと食う

百態にて攻めるがごとく鱈場《たらば》蟹食う

金鍔をたまわるごとし初茜

要領を得ずしてかざす破魔矢かな

風入れていつもの部屋の飾歯朶

恵方など見えるはずなしわが窟

花巻　六句

青梅雨や小さな町の賢治の碑

下ノ畑ニイマス蛍袋が狭すぎて

一本のビールが溢れ萬鉄五郎

父の日や雨の明るきイーハトブ

台湯《つなぎ》の湯花くすぐる河鹿笛

花巻の一夜かぎりのなめくじり

岩出山　四句

座散乱木《ざざらぎ》の風に北向く姫女菀

女郎蜘蛛昨日の糸を揺らしけり

歌枕一つだになき蛭の国

目鼻耳の神とは荒脛巾社

北限の花野を過ぎて目鼻耳の神

飛行機の胴体に窓夏に入る

ひきがえる恋するのものはうらがえる

生きものは泥から生まれ夕薄暑

東京を丸ごとたたく夕立かな

原子炉はキャベツのごとくそこにある

鬼やんまわが血流より速し

出撃も撃滅もなき蜻蛉かな

狭斜なし戻る途中の断腸花

犬小屋に犬が入らぬ文化の日

秋風の栖あるなら道の奥

羽力を抜くやおのずと鷹柱

鳥たちの細き足首開戦日

幾万の汚染袋や霜しずく

ふくしまの大根一本ふりまわす

猪の飢え地の飢え天の飢え

枯野原廃炉の朝は杖ついて

あとがき

本句集には、二〇一四年夏から二〇二〇年春までの作品、四一二句を編成し収めた。単独の句集としては、『地祇』に続く第四句集にあたる。

この間、東日本大震災から九年が過ぎた。そこに突如、新しいウイルスが地上に蔓延し始めた。天変地異は常の事だと改めて思う。ただただ生き延びる他ない。

私といえば、あまり代わり映えのしない日々が続いている。強いて変わったことといえば、震災への体験を、少しでも内面化に努めるようになったことであろうか。そして母を失い、愛犬の死があった。

集名は、〈赫赫と闇に爪掻く老蛍〉からとった。

この度出版の労をお掛けした深夜叢書社主齋藤愼爾氏に厚く感謝申し上げます。

佐藤鬼房生誕百年が過ぎ
二〇二〇年八月十二日

渡辺誠一郎

渡辺誠一郎（わたなべ　せいいちろう）

一九五〇年　宮城県塩竈市生まれ
一九八九年　「小熊座」主宰・佐藤鬼房に師事
一九九〇年　「小熊座」同人
一九九六年　第一回小熊座賞
一九九七年　『余白の轍』（第一句集）銀蛾舎
一九九八年　第三回中新田俳句大賞スウェーデン賞（第一句集）
　　　　　　宮城県芸術選奨新人賞（一九九七年度）
二〇〇四年　『数えてむらさきに』（第二句集）銀蛾舎
二〇〇五年　宮城県芸術選奨（二〇〇四年度）
二〇一四年　『地祇』（第三句集）銀蛾舎
二〇一五年　第十四年俳句四季大賞（第三句集）
　　　　　　第七十回現代俳句協会賞（第三句集）
二〇二〇年　『渡辺誠一郎俳句集』銀蛾舎
　　　　　　『俳句旅枕　みちの奥へ』コールサック社

「小熊座」編集長（一九九六年より）
朝日新聞「みちのく俳壇」選者
現代俳句協会員、日本文藝家協会員

住所　〒985-0072　宮城県塩竈市小松崎十一番十九号

句集　赫赫（かっかく）

二〇二〇年十月八日　初版第一刷発行

著　者　渡辺誠一郎
発行者　齋藤　愼爾
発行所　深夜叢書社
郵便番号一三四—〇〇八七
東京都江戸川区清新町一—一—三四—六〇一
電話・FAX　〇三—三八七七—七七九七
http://shinyasosho.com/

印刷製本　株式会社宮城友栄社

ISBN 978-4-88032-461-6　C0092